El flamboyán amarillo

GEORGINA LÁZARO

ILUSTRADO POR LULU DELACRE

LECTORUM
PUBLICATIONS INC

A Jorge, protagonista de esta historia,
a César que me estimuló a contarla
y a José Alberto que ha querido escucharla tantas veces

A Eduardo Luis y Carlos Enrique
que también sembraron un flamboyán

–G. L. L.

Para los niños de Puerto Rico

–L. D.

Text copyright © 2004 by Georgina Lázaro
Illustrations copyright © 2004 by Lulu Delacre

ISBN-13: 978-1-933032-29-0
ISBN-10: 1-933032-29-4

Library of Congress Cataloging-in-Publication Data available.

Printed in the U.S.A.   40

First Lectorum paperback printing, December 2006

Hace tiempo y no hace tanto,
unos años nada más,
fui a un paseo por el campo
de la mano de mamá.

Caminamos un buen rato,
la vereda se hizo trillo
y allá, a lo lejos, lo vimos;
un flamboyán amarillo.

Atraídos por su oro
recorrimos largo trecho.
El monte se hizo más monte,
el camino más estrecho
y el paisaje más hermoso
que una obra de Murillo.
¡Era una visión tan bella…
un flamboyán amarillo!

Merendamos a su sombra.
Hacía un calor sofocante.
Era pleno mes de junio,
lo recuerdo como antes.

Miré a mamita a la cara
y vi en sus ojos un brillo.
Sé que estaba enamorada
del flamboyán amarillo.

Mientras ella descansaba
yo me entretuve jugando,
y se me ocurrió una idea:
Así, corriendo y saltando,

recogí una semillita
y la puse en mi bolsillo.
Allí guardaba el comienzo
de un flamboyán amarillo.

Cuando venía de regreso
yo le conté mi ocurrencia
y mi "primera maestra"
me dio una clase de ciencias.

Pero yo no podía oírla;
tenía en el alma un tordillo
que me cantaba canciones
del flamboyán amarillo.

Cuando llegamos a casa
colocamos la semilla
en una maceta grande,
muy bonita y muy sencilla.

La pusimos con cuidado
a la sombra, en los ladrillos.
¡Qué feliz nacería aquí
mi flamboyán amarillo!

Y de aquí en adelante
ejercicios de paciencia:
mucha agua, mucho sol…
siguió la clase de ciencias.

"Que nada le haga daño,
que no le dé gusanillo…"
para que brotara hermoso
mi flamboyán amarillo.

Un día mientras jugaba
convertido en carpintero
fabricando no sé qué,
ni me importa, ni recuerdo,

vi que había germinado
y me olvidé del martillo.
Tenía dos hojas pequeñas
mi flamboyán amarillo.

Y fue un momento sublime.
Sí, fue un momento especial.
Fue como abrazar la tierra.
Fue como el cielo besar.

Me acerqué a la eternidad
con un gesto tan sencillo;
ayudé en la creación
de un flamboyán amarillo.

Entonces pasaron meses.
Fue creciendo el arbolito.
Y cuando estuvo más fuerte,
en el momento preciso,

buscamos la carretilla,
la pala y hasta el rastrillo
para trasplantar el árbol;
mi flamboyán amarillo.

Una noche en que soñaba
con mi árbol florecido,
con niños que le cantaban,
con tesoros escondidos. . .

"Tiene un secreto tu árbol",
cantando me dijo un grillo.
"Tiene un secreto tu árbol,
tu flamboyán amarillo".

Pasaron algunos años,
ya la cuenta la perdí.
Yo cuidaba de mi árbol,
mamá cuidaba de mí.

A él le salieron más ramas,
yo mudé hasta los colmillos.
Y crecimos, yo y mi árbol;
mi flamboyán amarillo.

Y otra mañana de junio,
tan bonita como aquella,
mi vida se hizo jardín
y en él se posó una estrella
cuando vi por la ventana,
al pasar por el pasillo,
que había florecido el árbol,
mi flamboyán amarillo

No había oro entre sus ramas.
Había coral, fuego, sangre,
como el amor que a mi tierra
me enseñó a darle mi madre.

Y entonces supe el secreto,
aquél del que me habló el grillo:

¡Había florecido rojo
mi flamboyán amarillo!

Nota de la autora

Hace más de diez años escribí esta historia porque quería asegurarme de que mi hijo Jorge no la olvidara nunca. Cuando se publicó por primera vez, varias personas me dijeron que a ellas les había pasado lo mismo. Entonces comprendí que no fue por casualidad ni por accidente que de la semilla de un flamboyán amarillo que Jorge recogió y sembró, brotara un flamboyán rojo. Por eso decidí investigar el asunto a fondo y contarles lo que descubrí:

El flamboyán es oriundo de Madagascar, una isla que está en el Océano Índico, separada de la costa oriental de África por el canal de Mozambique. Este bello árbol crece en otros lugares, aunque se le conoce por diferentes nombres. Por ejemplo, en Cuba le llaman framboyán y en algunas regiones de México, tabachín. En otros países se le conoce como árbol de fuego, acacia, guacamayo, malinche, clavellino, flor de pavo, flor de fuego. En inglés es conocido como *giant tree, royal poinciana, july tree, flame tree* y en francés se le llama *flamboyant*.

En Puerto Rico podemos verlo a lo largo de las carreteras, en los campos, en los parques y jardines. Casi siempre su flor es roja porque ésa es la característica más común para color en el mensaje genético que contiene la semilla. Por esta razón casi siempre florece rojo un flamboyán que nace de la semilla de un flamboyán amarillo. Es por eso que nacen muy pocos flamboyanes amarillos y, cuando los descubrimos, nos llaman tanto la atención.

Sin embargo, aunque es difícil que los flamboyanes amarillos se logren, no es imposible. En los viveros se preparan semilleros muy grandes y entre los árboles que nacen pueden salir tres o cuatro que dan flores amarillas. Algunas personas han logrado flamboyanes amarillos mediante injertos: pegando una rama de un flamboyán amarillo en un flamboyán muy pequeñito, pasándole así sus características genéticas.

Como ven, la historia del flamboyán no termina con mi cuento. Es mi esperanza que a través de ella hayan descubierto la magia y la poesía que hay en la naturaleza y se haya despertado en ustedes el deseo de cuidarla, protegerla y conocerla mejor.

Nota de la ilustradora

Desde la primera vez que leí el poema de Georgina Lázaro, quedé encantada. Ante mis ojos posee un lenguaje elegante, una cadencia sutil. Fueron pues, los versos mismos los que dictaron la técnica que habría de escoger para ilustrarlos, el pastel seco.

Antes de comenzar bocetos, es mi costumbre documentarme ampliamente sobre los temas que he de ilustrar. Fue así que hablé con Georgina y a vuelta de correo me llegaron docenas de fotos que incluían desde la infancia de su hijo mayor, hasta la relación en tamaño entre una moneda y la semilla del flamboyán.

Más tarde, en un viaje a la isla, visité a la autora en su hogar donde hoy día, frente al balcón de su casa, se yergue el flamboyán amarillo. Allí, antes y después de un almuerzo boricua, tomé más fotos, hablé con el niño del cuento, ahora un adulto, y con la autora analizamos cómo enfocar al narrador del poema.

Para mí como ilustradora, qué hacer con el narrador, fue una decisión difícil. La historia la cuenta un niño con cierta nostalgia y gran ternura, que podría ser ya adolescente. Luego de mucho pensar, se me ocurrió colocar una imagen del narrador en la página del título, mirando las flores de aquel flamboyán amarillo del cual había recogido una semilla años atrás.

Otro reto que encontré fue hacer paisajes de Puerto Rico en los que no se vieran flamboyanes rojos, un árbol tan común en la isla. Esta fue otra decisión consciente para enfatizar así la sorpresa del final.

Finalmente, a través de todo el libro traté de reflejar en el arte, el cariño que existe entre madre e hijo según los versos de Georgina. Pues aunque yo nunca sembré una semilla de flamboyán con mis hijas, han sido muchas las cosas que hemos hecho juntas, que han dado fruto inesperado muchos años después.